Répercussion du passé

Mathys Muzard

Répercussion du passé

Nouvelles

LE LYS BLEU
ÉDITIONS

ISBN : 979-10-422-1655-9

Répercussion du passé

Le téléphone était chaud dans ma main, j'ai dû passer tout l'après-midi à appeler de vieilles connaissances... Cela faisait longtemps que l'on ne s'était pas contacté, depuis la fin du lycée à vrai dire. On s'était donné des nouvelles grâce à mes appels... malheureusement, je pense que je n'aurais jamais dû avoir cette idée. C'était le 2 août 2010, par curiosité et comme je n'avais plus de nouvelles, j'ai décidé d'appeler mes amis du lycée, Arron qui était très intelligent, Harley, la fille la plus belle du lycée, Carl, qui n'était pas très sociable, Alice, la meilleure athlète. Ils m'ont tous répondu. Le jour même, je leur avais proposé de se rendre au parc de la ville en pleine nuit, où nous nous rendions souvent à la fin des cours. On aimait tous ce parc d'ailleurs, j'ai plus le nom, c'était fleuri, il y avait des endroits pour se poser et discuter entre nous sans qu'on nous dérange. Certains étaient stressés à l'idée qu'on se revoit, j'étais sceptique pour la réponse de Carl.

— Pour quoi faire, Ray, dis-moi ? Personne ne s'est donné de nouvelles depuis 2 ans, ça ne sert à rien maintenant, disait Carl.

— C'est vrai, mais tu n'es pas curieux de voir les autres ? Viens quand même, tu verras, on s'amusera et il y aura un côté nostalgique !

— Bon, d'accord, mais je ne te promets rien, Carl raccrocha sans dire un mot de plus.

Je n'avais pas vraiment d'arguments, mais j'ai tout de même essayé de le convaincre… j'espérais qu'il viendrait. Au téléphone, il était froid, après, je ne pouvais pas deviner pourquoi et ce qui s'était passé pendant les deux années sans se parler. Les autres étaient très contents de ma proposition. On s'était donné une heure précise, du moins, je leur ai donné une heure convenable par message comme ils me raccrochaient au nez. Enfin, ce n'était pas très convenable, déjà l'idée de se rendre au parc en pleine nuit haha. Deux heures du matin, c'est l'heure que je leur avais donné, je voulais chercher le côté terrifiant et puis comme on n'y a jamais été pendant la nuit. Pourquoi pas ? C'est ce que je me disais, étonné, ils m'ont répondu oui. Tant mieux, ce serait une chouette retrouvaille. Alors dans la nuit du 3 août 2010, je les attendais comme prévu à deux heures du matin. Ils étaient tous en retard comme je le pensais, mais ce n'était pas un problème. C'était peut-être dû au fait qu'il fasse noir, pourtant c'était bien éclairé avec les lampadaires. Soudain, j'ai cru apercevoir quelqu'un. Je n'ai pas pu le reconnaître au loin, alors je me suis rapproché de la personne en question. Sur le moment, je pensais que c'était Arron vu qu'il avait la même carrure, alors j'ai crié.

— Arron ! c'est bien toi ? N'est-ce pas ?

Il avait mis du temps avant de me répondre. Il se retourna, me regardant avec un air sérieux. Il était habillé tout en noir avec un chapeau noir. Il me regarda sans rien dire, l'espace d'un instant. Pendant qu'il me regardait, je me posais des questions, si c'était vraiment lui ? Arron portait pas des lunettes avant ? Et pourquoi son style vestimentaire est devenu gothique ? Je ne le reconnaissais pas. Deux minutes passèrent et il me répondit enfin.

— Tu te trompes, je ne suis pas Arron, tout ce que je peux te dire c'est que tu vas passer ta pire année.

— Quoi ? Comment ça ?

— Tu comprendras bientôt !

Je ne comprenais rien du tout ! Sous le coup de la peur j'ai tenté de fuir. Jusqu'à ce que l'homme en noir me rattrape avec une autre personne que je ne connaissais pas.

— Tu ne pourras pas me fuir, reste tranquille et laisse-moi faire si tu ne veux pas que la situation devienne compliquée.

De toute façon, je n'ai rien à perdre. Vivant une vie ennuyeuse depuis que j'ai gagné aux jeux d'argent, autant vivre une expérience haha, peut être que c'est qu'un canular. Me laissant faire, il me mit un sac noir troué sur la tête pour que je puisse respirer et aussi que je ne voie plus rien, mais ce n'est pas tout, il me ligota les mains. J'étais quand même terrifié même si je pensais que c'était un tour de mes amis comme à l'époque du lycée. Mais lorsqu'il dit ceci, j'ai plus pensé à l'idée d'un canular.

— Carl, emmène-le, on va lui faire payer, c'est lui le responsable.

— Attendez, Carl, c'est toi ? Tu es venu finalement, haha ! Ça fait partie du canular ?

— Ray, oui, c'est moi, mais rassure-toi, ce n'est pas une blague comme à l'époque. Cette fois, tu vas payer pour m'avoir mis de côté.

Comment ça ? Quand est-ce que j'ai fait ça ? Je ne comprends rien à ce qui se passe, et où sont les autres ? Qui est l'homme en noir ? Pourquoi fait-il ça ? Dans le doute, j'ai demandé ceci.

— Payer ? Pourquoi ? Qu'est-ce que je t'ai fait ? Qui est l'homme avec toi ? Où sont les autres ? Carl, réponds-moi.

— Ray, l'homme qui est avec moi tu le connais, il s'appelle Spirit !

Spirit, ce ne serait pas… non, ce n'est quand même pas ce Spirit-là, oh non. Je me rappelais effectivement, ce gars… ce n'était pas n'importe lequel comme garçon. Spirit était mis de côté au lycée, il avait de mauvaises notes, il était sale sur lui, personne ne l'approchait. Quel est le rapport avec moi ? Je dois payer pour quelle raison ? C'est flou dans ma tête, alors j'ai tenté une approche.

— Je me souviens de Spirit, mais pourquoi est-il là ? pourquoi dois-je payer, Carl ? Répondez-moi à la fin !

— Comment on se retrouve, Ray ? Tu te souviens de moi alors ? Tout ce que tu m'as fait subir au lycée ? Je ne pense pas, alors laisse-moi te rafraîchir la mémoire.

Flash-back de l'année 2008 au lycée

Je vais tout te raconter Ray dans les moindres détails. Tout a commencé le 6 septembre 2008, toi et ton groupe d'amis, y compris Carl, m'avait adressé la parole.

— Eh, le crasseux, tu vas bien ?

Tu te souviens de cette phrase, n'est-ce pas Ray ? Bon, je continue.

— Euh… oui, ça va, merci.

Je vous avais répondu gentiment, mais vous vous êtes mis à rigoler et à m'insulter.

— On t'a demandé de répondre ? Haha, nan, mais regardez-le, allez, on se casse, sale rat.

— C'est clair, t'as totalement raison, Ray ! je vais le frapper, ce morveux.

— Non… Arron, fais pas ça, je t'en prie, tu risques de le regretter plus tard.

— Ne t'inquiète pas Harley, ça ne risque pas.

— Arron, elle a raison, ne fais pas ça.

— Alice, toi aussi tu t'y mets ? Je fais ce que je veux ! t'en penses quoi, Carl ?

— Moi ? Je n'ai pas d'avis à donner, je n'ai même pas ri avec vous, je trouve ça ridicule ce que vous faites.

— Carl, pas de soucis.

Présent, la nuit du 3 août 2010

Arron et toi commenciez à me donner des coups de pied dans le ventre devant tout le monde dans la cour, et personne ne venait vous arrêter. J'étais en sang, je suis parti du lycée et je suis revenu une semaine plus tard, personne ne s'occupait de moi à la maison, je n'avais plus de parents ni de sœur et frère, j'ai dû apprendre à me débrouiller tout seul. Tu ne peux pas savoir ce que c'est de subir toute cette solitude sans l'avoir demandée. Le pire, c'est quand je suis revenu au lycée. Vous ne vous êtes jamais arrêtés pendant un an, non ! Vous continuez tous les jours de la semaine après les cours. Puis, une fois m'avoir bien amoché, vous allez dans votre coin préféré, ce parc. L'année d'après, vous m'avez enfin laissé tranquille.

— Tu t'en souviens enfin ? N'est-ce pas Ray ? Ne t'inquiète pas, j'ai raconté l'histoire à tes amis dans le fourgon. Tu verras, tu vas aimer tout ce qui va se dérouler et alors, c'est là que tu comprendras.

— Je m'en souviens, mais laisse-moi une minute pour comprendre. Que comptes-tu faire de mes amis abrutis ? Et toi, Carl, sale traître !

— Te dévoiler ce que je vais faire de toi et tes amis, ce serait gâcher la surprise, tu ne crois pas ? Vas-y, Carl, je t'autorise à lui dire pourquoi tu es avec moi.

— Ray, c'était toi l'ami qui me parlait le plus, mais une fois que tu t'es mis à harceler et à frapper Spirit, d'ailleurs je n'étais pas d'accord avec ça, tu t'es mis à traîner plus souvent avec Arron et depuis tu ne me parlais plus. Alors n'ayant personne avec qui parler, je suis devenu anxieux et insociable comme tu disais souvent à l'époque.

— Carl, écoute-moi, je suis désolé, mais tu peux comprendre que dans ce moment-là, on ne s'en rend pas compte ? Je ne sais pas quoi te dire.

— Ne dis rien, ça vaut mieux.

— D'accord Carl, mais alors, c'est toi qui as informé Spirit de nos retrouvailles ? Ce n'est pas vrai…

— Oui, c'est bien moi, après ton appel, j'ai contacté Spirit afin de lui dire où vous alliez.

Tout était enfin clair dans ma tête, Carl était un traître, car j'avais mis notre amitié de côté et Spirit avait l'air décidé à se venger. Je ne craignais pas pour moi, mais plutôt pour mes amis, surtout que Harley et Alice n'avaient rien fait du moins c'est ce que je pensais. Spirit avait décidé de m'emmener dans le fourgon où il y avait mes amis. Une fois dans le fourgon, il ôta le sac troué de ma tête et c'est là que je puis voir mes amis. Tous étaient ligotés aux mains également. Ils étaient terrifiés, morts de peur. Pour eux, c'était différent. Ils avaient toujours le sac sur la tête, puis j'ai compris que leur bouche était scotchée avec un ruban adhésif, ce qui n'était pas le cas pour moi. Les regardant, j'ai tenté de leur parler comme Spirit et Carl n'étaient pas encore dans le fourgon prêt à démarrer.

— Arron, Alice, Harley, vous inquiétez pas, c'est moi Ray. Écoutez, tout ça, c'est la faute de Carl et ce que nous avons fait au passé même si toi Alice et Harley je ne sais pas encore ce que vous avez fait à Spirit.

— Ray, tais-toi ! Tu veux vraiment savoir ce qu'ils m'ont fait ? Je vais te le dire sur la route.

— D'accord Spirit, mais sache que tu vas le payer.

— Ha ha ha ! Laisse-moi rire.

Spirit allait commencer son histoire, pendant que Carl roulait. Je ne savais pas où Carl allait, mais ce n'était pas le sujet. Je tremblais de peur, j'ai sorti cette phrase sans réellement savoir comment j'allais m'en sortir. C'était une situation où tout le monde aurait eu peur, je pense. Comment ne pas avoir peur dans une telle situation ? Je ne le souhaite à personne. Spirit commença son histoire, j'étais attentif à l'idée de savoir pourquoi Harley et Alice étaient concernées.

— Ray, maintenant tu vas m'écouter bien sagement et en te taisant. Harley et Alice ont fait un plan afin que je puisse tomber amoureux d'une fille. C'était la dernière année de lycée quand vous avez enfin décidé de vous arrêter de me frapper. Tu dois te dire sûrement qu'il n'y a rien de mal à ça. Mais il s'avère que la fille dont j'étais tombé amoureux faisait partie du plan ! Pendant un temps, j'ai cru que c'était une vraie histoire d'amour, car cela faisait cinq mois que nous étions ensemble. Jusqu'au jour où j'ai entendu une conversation qui parlait de moi. J'avais reconnu la voix de ma fausse petite copine. Et c'est là que j'ai compris, je n'avais le droit à aucun baiser, aucun câlin, aucune affection. Je me disais que c'était normal ce genre de relation au début, mais je me voilais la face. Alors, j'attendais le jour où elle devait me quitter. Le jour où elle m'a quitté, j'ai joué le jeu, je pleurais devant elle et c'est là que Harley et Alice sont apparues dans le couloir en me regardant, elles rigolaient avec la fille de leur plan. Tu comprends enfin n'est-ce pas ? Puis je m'en fiche, maintenant tu sais pourquoi elles sont là.

— Je vois, je comprends enfin pourquoi elles sont ici, que comptes-tu faire de nous ? Où nous emmènes-tu ?

— Quoi ? C'est tout ce que tu as à dire ? Tu n'es pas étonné que tes amies soient comme toi et Arron ?

— Réponds à ma question, Spirit !

— Oh, et puis, tu me saoules. Carl, mets-lui du ruban adhésif et remets-lui le sac.

Bien sûr que si, j'étais étonné que Alice et Harley puissent faire ce genre de chose. Ça ne leur ressemblait pas. Toutefois, comment je pouvais réagir ? Je n'avais pas d'argument à lui donner, c'est comme se prendre une claque en pleine tête. C'est vrai que leur plan était tordu, on se croirait dans un film. Avec une telle nouvelle, je me demandais si j'avais toujours envie de les sauver, c'était quand même toujours mes amis. Spirit avait raison, Alice et Harley sont comme moi et Arron finalement. Ce n'était pas étonnant que personne ne tombe amoureux d'un gars qui ne prend pas soin de lui, même si je ne connaissais pas la situation de Spirit à l'époque. Il aurait dû nous en parler, peut-être que l'on se serait arrêté. C'est quand même triste de dire ce genre de chose, mais on le frappait souvent, Arron et moi, car on s'ennuyait. Les cours nous fatiguaient, les professeurs aussi, on n'avait pas de choses pour s'amuser ou se déchaîner. Arron et moi nous ne sommes pas très bons au sport alors forcément on ne pouvait pas se défouler. Maintenant, en prenant connaissance de l'histoire de Spirit, j'avais des regrets. Je pense que les autres aussi, mais c'était malheureusement trop tard pour avoir des regrets. Spirit s'adressa à Carl pendant que je me demandais enfin où ils nous emmenaient.

— Spirit, on est arrivé à l'usine abandonnée.

— D'accord Carl, à toi de jouer, tu sais où les emmener.

Une usine abandonnée, c'était l'endroit où tout a commencé, le début de la fin. Carl s'occupait de nous. C'était chacun son tour comme les jeux de société. Je me demandais à cet instant s'il nous emmenait au même endroit, si nous allions nous voir. Quand Carl avait fini de s'occuper des autres, c'était à mon tour. Carl me traînait par terre, j'espérais surtout retrouver les autres et c'était le cas. Une fois que Carl avait fini, il nous disait de nous mettre à genoux. N'ayant pas d'autres choix, on obéissait.

— C'est bon Carl, tu peux enlever leur sac pour que Ray apprécie la suite.

— Dis-moi Spirit, tu comptes faire quoi exactement ?

— Tu le sauras le moment venu ! haha.

— D'accord.

— Quoi ? Qu'est-ce qu'il y a ? Tu ne te soucies pas de leur sort quand même ?

— Non… je suis juste curieux.

— Je vois, mais ne t'en fais pas Carl.

— Comment ça ?

— Tu verras.

Pendant qu'ils discutaient entre eux, je détournais le regard et je vis Arron, Harley, Alice. C'est marrant, aucun d'eux n'avait changé. Alice était toujours aussi musclée grâce à son sport, Harley toujours aussi belle, Arron avait sa paire de lunettes et avait son style vestimentaire propre à lui comme je le pensais. Je n'avais pas prévu que les retrouvailles se passeraient ainsi, j'étais terrorisé, je ne savais pas ce que Spirit avait prévu. Spirit se dirigea vers moi et il avait décidé d'enlever mon ruban adhésif.

— C'est bon, exprime-toi, même si ça ne te mènera à rien.

— Écoute, je n'ai aucune idée de ce que tu comptes faire de nous, mais je t'en prie, arrête-toi maintenant, c'est du passé.

— Du passé tu dis ? Du passé, hein ? Il fallait y réfléchir justement. Un an de souffrance que j'ai endurée, j'ai encore les cicatrices. Toi et tes amis vous n'êtes pas prêts, quoiqu'il advienne, je vais bientôt vous faire payer.

— Tu fais que de parler, tu ne ferais pas de mal à une mouche.

— Ah oui, t'en es sûr ? Carl, surveille-les, je reviens avec une petite surprise.

Spirit partit et le suspens était présent. Les minutes passèrent, Carl resta là à nous regarder sans dire un mot, alors j'ai tenté de le dissuader, même si lui-même ne savait pas ce qui allait se passer. J'essayais de rester moi-même malgré la peur et le stress.

— Eh, Carl, tu devrais réfléchir à ce qui va se passer, regarde-nous enfin.

— Pourquoi devrais-je vous regarder ? Comme je l'ai dit, je ne suis pas de votre côté.

— Ah oui ? Tu es sûr ? Tu te rappelles pas de bons moments que l'on a passés ensemble toi et moi ?

— Si je m'en souviens, mais ça n'efface pas ce que tu as fait à Spirit, et nous deux, c'est du passé, il faut laisser le passé derrière nous.

— Je comprends que tu aies de la haine envers moi, j'aurais réagi pareil si mon meilleur ami m'avait laissé pour compte du jour au lendemain et surtout pour faire ce genre de chose. Mais je n'aurais jamais fait un tel plan, la vengeance nous mène nulle part, et puis penses-tu que tu te sentiras soulagé après ce qui va se passer ?

— Je n'en sais rien, mais si ça peut marcher, autant le faire. Arrête de parler maintenant et regarde tes chers amis. Ils sont tellement paniqués que ça me fait rire.

— T'es tellement devenu pathétique, regarde-toi, on dirait un petit chien qui écoute les ordres de son maître.

Il méritait d'entendre ce que j'avais à dire. Comment peut-on devenir si différent avec le temps ? Il ne voulait rien entendre, il est venu vers moi et il m'a mis un coup de poing dans la mâchoire. Mais ça valait le coup d'essayer. Je ne pouvais rien dire à mes amis, car je ne savais pas quoi faire. Une heure après, Spirit est revenu et c'est là que le cauchemar a débuté.

— Me revoilà avec mon ancienne petite amie, ça vous en bouche un coin, hein, les filles ?

Carl va enlever leur ruban, qu'on se marre un peu.

— Tu peux me parler plus poliment nan ?

— Qu'est-ce qui te prend ? fait ce que je te dis !

Je n'aurais jamais pu imaginer un tel scénario. La copine de Harley et Alice était présente ! Spirit l'avait ramené, mais cette fois, elle n'était pas ligotée. Spirit tenait un couteau sous la gorge de son ancienne petite amie, elle était terrorisée. Ce que je me demandais, c'est comment Spirit l'avait retrouvé et pourquoi l'avait-il ramené ici ? Il m'expliqua.

— Alors Ray, tu dois sûrement te demander ce qu'elle fait ici ? Et comment j'ai fait ? Je l'ai ramené exprès pour faire souffrir Harley et Alice, figure-toi, ça pourrait être marrant. J'avais enregistré son adresse de résidence, et ce qui est drôle c'est qu'elle n'a jamais déménagé alors c'était facile puisqu'elle restait chez ses chers parents.

— Que veux-tu dire par là ?

— C'est simple, je vais la torturer pour que Harley et Alice payent.

— Quoi ?

— Tu as très bien entendu.

Je ne pouvais pas ressentir d'émotion à l'égard de cette fille, je ne la connaissais pas, alors je n'avais aucune réaction. Harley et Alice pleuraient ce qui était plutôt normal, elles voyaient leur amie dans une mauvaise position. Je les regardais et leurs larmes coulées. Elles essayaient de parler, mais c'était peine perdue. Spirit demanda le sac que Carl avait à disposition.

— Carl, passe-moi le sac, s'il te plaît, maintenant passons aux choses sérieuses.

— Euh… pourquoi tu as ça dans le sac ?

— Ne pose pas de questions, tu devrais apprécier et profiter du moment.

— D'accord.

— Regardez les filles, votre chère amie va avoir très mal avant de clamser.

Spirit ne plaisantait pas. Il sortit la main de son sac et c'est là que tout le monde aperçut un sabre. J'avais deviné ce qu'il comptait faire et c'est devenu la réalité. Il accrocha la fille au poteau qui était derrière lui, avec une corde et il s'adressa à Alice et Harley.

— Je vais commencer par toi Alice. Tu peux maintenant t'exprimer.

— Lâche-la, elle n'a rien à avoir là-dedans. Tu peux t'en prendre à ceux qui ont eu l'idée, mais pas à elle.

— Ah bon ? Donc je devrais m'en prendre qu'à vous deux ?

— Non, le véritable responsable est Arron. Désolée Arron, je n'avais pas d'autre choix.

— Intéressant, je vais commencer par lui alors.

— Je n'ai rien à dire à un psychopathe.

— Tu t'enfonces là, tu sais ? Les véritables psychopathes ici sont vous tous qui êtes ligotés. Arron, je ne te laisserais pas plus parler, mais tu vas venir avec moi.

Au fond, Spirit n'avait pas totalement faux même si c'est vraiment un psychopathe. On le frappait par ennui, donc à l'époque on devait pas être net dans nos têtes. Avant de partir, Spirit remettait le ruban adhésif pour ne pas entendre Alice et Harley, et c'est après que j'ai compris pourquoi il avait fait ça. Il y avait une sorte de salle au fond de l'usine, nous, on était situé au centre. Spirit emmena Arron et son sabre avec lui sans dire un mot, dans la salle du fond. Carl était parti, je ne sais où et on l'a plus revu pendant un moment. Bien sûr, il avait remis le bâillon à Alice.

— Ouvrez grandes vos oreilles pour entendre les cris de souffrance d'Arron. Ce sera éventuellement votre tour après. Restez bien sages, j'en ai pour dix minutes. Tu veux que je commence par quel bras ? De toute façon, les deux seront coupés et je ne sais pas si tu seras toujours vivant d'ici là, comme je ne pourrai pas stopper ton sang.

— Hmmm…

— Ah, tu as fait ton choix, attends.

— Hmm… hmmm…

— Bien, je choisis le gauche pour commencer et voilà ! c'est magnifique j'aurais deux bras pour ma décoration.

— Ahhhhhhhhh… Ahhhhhhhh…

— T'as dû avoir mal non ? Ah, il s'est évanoui. Je vous le ramène dans deux petites minutes. Voilà, regardez, il a clamsé plutôt que prévu finalement. Pour un harceleur, il n'était pas si costaud que cela, malheureusement. Mon plaisir avec lui n'aura pas duré. De toute façon, il reste encore des personnes ici, ah ah ah !

Pendant que Spirit s'occupait d'Arron, on entendit des cris atroces, on pouvait ressentir que Arron souffrait, c'était horrible. Spirit n'entendait pas nos cris quand il faisait l'acte. Impuissant et ne pouvant pas le sauver, on ne pouvait rien faire à part rester là à genoux et entendre les cris de Arron et l'excitation de Spirit. Il revenait avec Arron amputé des deux bras, ce n'était pas joli à voir, sur le coup on était terrorisé. Il était mort juste devant nous, il y avait une part de haine en moi. Je me suis rendu compte que je regrettais ce qu'on avait pu faire dans le passé, et pour la mort de Arron, j'ai pleuré, mais ce n'était pas de la tristesse, c'était plutôt des larmes de peur. Je n'avais pas une grande amitié avec Arron. Alice et Harley pleuraient de joie. Je ne comprenais pas, je pense qu'elles étaient contentes de ne pas être mortes et que

Arron subisse ce qu'il avait fait. Mais ces sentiments se sont vite arrêtés ensuite quand Spirit annonça que c'était au tour de… Après un moment de réflexion, je vis Spirit avec un sourire aux lèvres, un sourire presque démoniaque, j'étais figé, le regard sur ses lèvres et là… j'entendis sa voix.

— À toi, Alice, tu vois ce joli couteau, je te le prête. Fait attention de ne pas te couper avec, ce serait dommage de gâcher un tel événement, tu ne trouves pas ?

Je ne comprenais pas ce qu'il avait en tête. Pourquoi Alice et ce couteau, que va-t-il faire…

— Donc Alice, tu seras ma main armée contre Harley, je te laisse ce privilège. Vous êtes amies, non ? Ah oui ! c'est vrai, tu ne peux répondre haha !

Où voulait-il en venir ? Qu'est ce qui se passe ? bon sang.

— Alice, tu vas te charger de Harley pour moi jusqu'à sa mort. Chaque fois que tu refuseras, tu goûteras à mon sabre.

Non ! c'est pas possible, Spirit ne peut pas faire ça, c'est cruel. Déjà Arron c'est horrible, mais là, j'ai pas de mots.

— Allez ! Alice, on commence, j'aimerais que tu la poignardes au ventre pas trop fort sinon mon plaisir ne va pas durer.

Alice avait les larmes aux yeux, son regard était plongé dans celui d'Harley. Elle ne voulait pas faire de mal à son amie et en même temps elle ne voulait pas goûter au sabre de Spirit. Alors, les larmes aux yeux, je la vis planter le couteau dans le ventre d'Harley. Le cri étouffé par le bâillon d'Harley me glaça le sang. Spirit jouissait de ce moment. Alice était dans tous ses états. Elle essayait de parler à Harley qui souffrait et le sang qui s'échappait de son ventre colorant peu à peu son pull en laine blanc, mais aucun son ne sortit de sa bouche bâillonnée.

— On continue Alice ! s'exclama Spirit. Maintenant, je souhaiterais que tu lui tranches les tendons des bras.

Alice ne voulait pas, elle tournait la tête de gauche à droite pour protester et j'ai entendu le plus long et terrible des gémissements. Spirit venait de transpercer la cuisse d'Alice.

— Alors ! Alice, fais-le ! Sinon mon sabre te chatouillera encore.

Après un long moment d'hésitation, espérant que cela suffirait, elle trancha les tendons des deux bras d'Harley. Celle-ci tomba sur le côté, la douleur fut tellement terrible qu'elle ne pouvait se tenir sur ses genoux. Alice supplia du regard Spirit pour qu'il cesse cette torture. Une lueur diabolique apparaissait dans ses yeux et s'adressa à nouveau à Alice.

— Tu vois Alice, ton amie souffre, achève là.

Alice disait non en bougeant sa tête, car elle savait au fond qu'il n'y avait plus rien à faire pour Harley.

L'espace d'un instant sous le regard choqué de leur copine attachée au poteau. Alice bascula en avant dans un cri qui me transperça le cœur de terreur, Spirit reprit la parole.

— Je t'avais dit de l'achever. Tu vois comme les deux doigts de la main, votre amitié, à la vie à la mort.

Spirit venait de sectionner les tendons des chevilles d'Alice, celle-ci se vidait de son sang au côté d'Harley. Je n'y croyais pas. Quand va-t-il s'arrêter ? Je ne pouvais y croire, c'est pas possible toute cette rage qui l'habitait et je vis cette pauvre fille attachée au poteau lever les yeux en l'air presque comme si elle demandait l'intervention divine de l'épargner. Spirit s'approcha lentement comme s'il voulait suspendre le temps dans sa folie de vengeance et il prononça ces mots que je craignais.

— As-tu aimé jouer avec mes sentiments ? Qu'est-ce que ça t'a fait de me faire croire à l'amour ? Hein ? Il était beau votre plan après avoir été harcelé, humilié, il fallait en plus me torturer avec ce qu'il y a de beau dans ce monde, l'amour ! vous avez gagné.

Tu vas souffrir comme tes amis, je vous effacerai de ma tête, car vous m'avez effacé de la vie.

Spirit leva son sabre d'un geste solennel et trancha la tête de cette fille. Je fermais les yeux un instant, je priais au fond de moi pour qu'il revienne à lui, qu'il cesse tout ce mal. Il se posta devant moi, il me regarda un long moment et il mit ses mains sur chacune de mes épaules et me dit :

— Ray, qu'aurais-tu fait à ma place de toute cette rage ? Voilà ce que je suis devenu par vos actes et vos fautes.

Je le regardais et lui disais d'une voix apaisante.

— Carl, tout ça est dans ta tête, c'est le fruit de ton imagination. À chacune de mes visites dans cet hôpital, tu as élaboré ton scénario, ta vengeance mentale. Ces deux années à te rendre visite m'ont beaucoup appris, par ta souffrance. Je suis désolé de ce que tu as pu vivre. Spirit n'a jamais existé, c'est le personnage que tu t'es créé.

Il y a deux ans, nous étions des adolescents inconscients sans imaginer les conséquences de nos actes. Quand j'ai appris l'internement de Carl, j'ai pris la décision de lui rendre visite afin de lui dire qu'il pouvait compter sur mon soutien. L'histoire de Carl m'a fait grandir mentalement et je veux œuvrer pour venir en aide et porter le message de la répercussion du harcèlement. Bien évidemment, Carl eut un sourire sur le coin de la bouche suite à ce que je lui ai dit, ce que je comprenais. Il devait se dire « il se fout de moi, il m'a harcelé et ose me dire ça ? ». Donc la relation fut compliquée durant quelques années, mais j'ai été content, car finalement il a pu s'en sortir et ne plus être interné. Je pense qu'il avait besoin de s'extérioriser pour se libérer.

Table des matières

Imprimé en Allemagne
Achevé d'imprimer en décembre 2023
Dépôt légal : décembre 2023

Pour

Le Lys Bleu Éditions
40, rue du Louvre
75001 Paris

LE LYS BLEU
ÉDITIONS

www.ingramcontent.com/pod-product-compliance
Lightning Source LLC
Chambersburg PA
CBHW062349010826
49168CB00024B/320
* 9 7 9 1 0 4 2 2 1 6 5 5 9 *